Karl Lubomirski/Licht und Asche

EDITION ATELIER

Karl Lubomirski

Licht und Asche

Gedichte

EDITION ATELIER

Meiner Mutter

I
DIE IMMEN DES VERGIL

II
AUS TESTAMENTEN

III
VEDUTEN

IV
LIEBESGEDICHTE

I

DIE IMMEN DES VERGIL

DICHTER

Vogel
über brennendem Wald

GEDICHTE

Schlüssel zu meinem Kerker

MÜDE

Müde wird
wer nie durch Wunder geht

ICH

Ich bin nur eine Tür
aber vielleicht
deine

FORTSCHRITT

Wir haben dem Schicksal
die Hände abgehauen
und glauben
es sei nicht mehr

SEIN

Ich würde nicht sehn
schaute ich
Ich würde nicht hören
horchte ich
Ich würde nicht sein
wäre ich

PRIVAT

In den Klöstern der Worte
auf und niedergehen
in ihren Perlmutthöfen
den Abend erwarten

MÜTTER

Vergöttert
verehrt
geliebt
geduldet
gemieden

BANN

Goldschwer hängen die Flügel der Dichter
die den Himmel vergaßen
ihr Käfig ist Weite

FREIWILLIG

In den Gläsern der Absichten
hochklettern
auf den Rücken fallen
immer wieder
ohne zu ahnen
sie schützen

AUSWANDERER

Die Axt der Abschiede
hat uns gezeichnet

BESUCHE

Sperlinge der Freude
im Weizen des Leids

für
Emilio Greco

MIR IST

Mir ist
als kehrt ich nie mehr heim
die Staaten sehn in mir den Fremden
der Himmel spricht sein andres Blau
und anders scheinen mir die Säulen
die in vertrauten Bögen enden
so oft ich sie auch schau

Mir wurde Wanderschaft zu Erde
Gesichter
Lilien am Rand
eines alten Baums Gebärde
reicht mir unsichtbar die Hand
zum Aufbruch
meinem Heimatland

SÜDAFRIKA

Ueber Äcker gebeugt
aber den Himmel im Herzen
Handschellen ums Gelenk
aber an Fersen Flügel
grashoch unter Gräsern
aber im Inneren Tanne

ungeheuer bereit

AHNUNG

Dich fürchte ich
du unsichtbarer Tag
vor dem sich Mai und Blüten neigen
der Früchte auf gebrochnen Zweigen
aller Hoffnung bettet

Wehrlos wie die Hügel hier
Brüste einer jungen Frau
die sich unter goldnem Ginster
leise mit dem Meere heben
plaudern die Olivenarme
silberleicht mit hohem Himmel
während Bernstein meiner Trauer
sich um diesen Abend schließt
diesen deinen Abend

MUTTER

Vorsicht wurde Tasten wurde Hände
Schauen wie durch Wände dein Erwarten
und die Pflanze in dir wurde Garten
der die Marmorwege in sich
nicht mehr weiß

POETEN

Steine
in der Mauer
eines fremden Reichs

SANFTE ERDE

Sanfte Erde
ebenes Gebet
ich liebe deine grüne Stimme
und dein braunes Schweigen
Ich will versuchen zu vermeiden
was verletzen könnte
um das Wachsen weißer Blumen
zu verdienen

MIR TUT DAS MEER SO LEID

Mir tut das Meer so leid
in seinem Perlenkleid
und unserm Unrat

SOMMER

Heimkehr ungekämmter Mädchen
einem Lächeln entlang
aus unreifen Feldern
in klare Blicke
schweigender Eltern

DROGEN

Efeu
um unsere Kinder

HEIMLICH

Heimlich für dich beten
eh dein Zorn erwacht
Heimlich das Gesicht
im Morgenwinde trocknen
Heimlich Kieselworte
aus der Stirne waschen
Heimlich dich dort suchen
wo du dich verlorst
und finden

DIR

Mein blonder Falke
wie gräbst du die Fänge
in dieses alte Herz
was suchen die zornigen Augen
und finden's nicht himmelwärts

Steige
bring mir die Zukunft
bring mir die Zukunft zurück
jage und schlage und bringe
sie ganz
oder blutiges Stück

N

Sprech ich von dir
steht ein Schatten auf
in meinem Herzen

Schweig ich von dir
steht ein Schatten auf
in meinem Herzen

wie von Narben

DEM FÖTUS

Morgen werden sie dich vernichten
mit gläsernen keimfreien Sicheln
dein winziges Herz mißachten
das pulsende Vertrauen
herausreißen
in den Abfall werfen
die Kloake
von wo
du Ihn suchen wirst
ehe
der Rauch der brennenden Rechnung
den Weg verstellt

ERLÖSUNG

Auf den Schwingen des Tages
in die Nacht des Gesteins
für immer

NEUER TAG

Im Salzgefieder der Erde
trocknet das leichte Blut
der verbotenen Seele
Hirten des Lichts
tanzen in Katakomben
und über die Pässe des Schweigens
findet ein Lächeln zurück
heute

DER AUGENBLICK

Im Großstadtmorgen stehst du
müde noch
und wieder
an der Ampel zur Arbeit
und blickst auf
erkennst den Autonachbarn
deine Tochter
groß geworden
und fühlst dich alt und jung
Wald und Amsel
zugleich

MANCHMAL

Manchmal ist's
als stünde ich
am Silbersaum der Erde
als rührte an mein Angesicht
der Flügel Leid Gebärde
größer noch als Dunkelheit
so als wäre sie bereit
alles zu vergeben

DAHEIM

Das war ja nicht nur Mozart
das war Schnee
ein sanfter Gruß
ein Lampenwort
Gewißheit
alles bliebe

ES WIRD SPÄTER

Es wird später
Vögel ziehn nach Norden
wieder ohne mich
Am Wegrand kniet die erste Blume
über grauer Krume
stehn schon Lerchen

Tage tragen ihren Lorbeer
in die leichten Flüsse
Über Tempelstufen sonnenschwerer Meere
schreitet Blütenstaub ins Leere

Es wird später

DER APFELBAUM

Du bist mein Bruder
lieber Baum
der Äpfel in den Nebel hält

vom Efeu
umschlungen

GUTER TAG

Das war ein guter Tag
der meinen Stamm nicht
tiefer beugte

an dem kein Sturm
die Krone drückte

kein Wasser
an den Wurzeln wusch

kein Block
aus alter Erde brach

Es war ein guter Tag
und leicht zu merken

IN MEINER STADT

In meiner Stadt liegt ein Rasen
da glauben Blumen
Dämmrung sei Licht
Abgase Luft
und lächeln

SCHATTEN

Die Schatten
in meinem Herzen
waren Bettler

sie sind Könige geworden

GROSZSTADTWEIHNACHT

Friede heucheln die Fassaden
in den Regen

Neon reitet noch einmal die
Habgier ab
leerer wird das Hupen und die
Straßenbahnen

Irgendwo beugt sich der Himmel
auf die Stirn der Erde

DEN VERUNGLÜCKTEN

An den Straßen
blühen wieder Rosenstöcke

Frühling wäre
blühten sie nicht

ALTERSHEIM

In diesem Haus
sind alle reich versorgt
mit Glockenschlägen
Messen
flüchtigen Besuchern
und Nächten
die nicht aufhören
zu dunkeln

NEIN

Nein
Ich will dich nicht verlassen
fortgehn nachts
wenn deine Glieder
leiser schluchzen als mein Herz
Nein
ich werde nicht mehr pilgern
nicht mehr beten
nicht mehr klagen
nur noch hoffen
du erwachst

einem kranken Freund

PRIVAT I

Hörst du die Liebe
dort
im Wortgebüsch verenden
ihr gläsernes Geächz
das Neigen der Gedankenwälder
im gestiegnen Spiegel
ungeweinter Tränen

MUTTERTAG

Ich habe im Walde
die Veilchen nicht gepflückt
und schenke dir
ihr Leben

GEFANGENE FORELLEN

Sie atmen so tief
und haben nicht Zunge
nicht Blick
im Gestirn ihrer Schuppen
blieb Sonne zurück
und nie mehr Erreichen

DER OLIVENBAUM

Er ist Händereichen
Morgen
Zeichen
Brunnen
Alabaster voll von
Sarazenenstimmen
noch nicht Licht
und nicht mehr Schatten
unnahbar Gebet

erhörtes

SEPTEMBER

Gütig liegt die Sonnenhand
auf dem Scheitel alter Äcker
Betten ist
Beschwichtigen

Krähen zupfen Herbst zurecht
in den Auen übt der Nebel

Man geht furchtlos voneinander

Das silberne Zyklopenaug
in der Stirn der Nacht
steht offen

DER KRANICH

Hornig steckt sein Schrei
im glasgefrornen Raume
Ferne rinnt
wie Blut
über geballte Flügel
in Silberaugen ätzt sich Grenzenloses
eh das Beben
tief im Körper
die Sklavenkugel unter sich
zerbricht

für Werner Helwig

DISTEL

Tochter des Staubes
Gattin des Schmerzes
reich dein verbotenes Haupt der Sonne
streu ihren blutenden Lippen
Finkenlieder

ehe es Nacht

FRÜHLING

Die alten Bäume
stehen blind
um ihr Buschwindröschenkind
können es nicht fassen

für Uta

DU WEISST NICHT

Du weißt nicht
was die Blumen sind
Engelsspuren
geliebtes Kind
beim Verlassen der Erde

FÄLLER

Sägen schreien durch weichen Schnee
daß sie Bäume gefunden
Bald wird der Flügelschlag
eines Vogels genügen

EWIGKEIT

Ewigkeit
du trägst das blaue Halsband
meiner Tage
auf deiner dunklen Brust

ADLERVOLIERE

Durch unsichtbare Maschen weiß er
Wolken Winde
treibt den Schnabel herrisch ordnend
in die Ungeduld der Flügel

gräbt die stumpfen Krallen
knirschend in gewohnte Rinde

DU BIST DAS GROSSE

Du bist das Große
seltsam Bedeutende
das mein tapferes Dunkel
sternenmilde
verzeiht

FÜR ENRICA

Geheimnisse der stillen Bilder
ihr Letztes wird nicht offenbar
Nur die Sinne werden milder
reihen sich
in scheuer Schar
vor der großen Seele

STRAFVOLLZUG

Wände sind um dich
als wären sie schon immer
ihre breiten Schneiden
scheiden
Leben das noch bleibt
von verdorrter Gnade

METROFAHRER

Die glauben an nichts mehr
die gähnen
kauen Nägel
schlafen
fahren die Gesichter grau
und nirgendshin
die falten ihre Zeitungen
wie sich ihr Leben faltete
für später

AMALFI 82

Keine Wolken
Jachten
Lorbeer Wind Jasmin
Abends Kerzenlicht Langusten
Draußen Surfer
Weiter draußen
Beirut

ZIGEUNER

Im Nebel stehn die Sippen
an den Kippen
und besprechen leise
den erlaubten Tag

DAS HERZ

Das Herz
dem Obsidian
des Tages

LIED DES OSTENS

Du breites Lied des Ostens
an dessen Ufer Brüder sangen, Schwestern
Weiches Lied des Ostens
das nicht erwachen darf aus Furcht und
Uniformen
eingestürzte Dächer Glaubens
steinern auf der Brust
zerbrochnen Atems schweigend über
silbernen Ikonen

Lied des Ostens
wann wirst du die hellen Hände
wieder übers Dunkel reichen
grauer Gräber bleiche Blumen
mit der Hoffnung färben
und der Nachtigall des Herzens
still im Dunkeln lauschen dürfen
das uns unbegreifbar
trennt

STILL

Still mein Polen
still mein Herz
allzumächtig flog dein Blut
in die ausgedörrten Adern
ins Gehör und in die Stimme
und den Blick des Himmels

Still mein Polen
still mein Herz
alle träumten
du erwachtest
nimm das Care Paket der Ohnmacht
nimm die Trauer
nimm uns alle
und den Bruderkuß der Zukunft

MEIN KIND

Mein Kind
entmündigt sind die Völker
das ‚noch' um uns
wächst ungeheuer
Geborgenheit kann ich dir nicht erklären
es ist
als hätte man dich lieb

DER WAL

Den friedlichen Wal meines Tages
nährt das Plankton Sekunde
hütet das Meer der Sorge
erwartet die Sandbank
der Sterne

RÜCKKEHR

Meine Berge still um mich
Endlich weiß ich mich geborgen
steinern sinkt das Boot in mir
das mich friedlos trug
Städte Meere Seen
vergessen
meine Berge stehn um mich
reichen mir die grauen Hände
durch den blauen Morgen
aller Nächte

ALLES WIRD SO SEIN WIE HIER

Alles wird so sein wie hier
doch aus Licht
der eingelegte Tisch dort
und die Vögel draußen
der Oleander
die Musik
und du
die Trauer
Fremde
Ferne
werden sein wie hier
und doch
aus Licht

EIN GEDICHT

Eingekeilt
zwischen Sternen

ein Gedicht

II

AUS TESTAMENTEN

DU

Du hast die Erde ins Dunkel gesät
sie ist nicht aufgegangen

ABGRUND

Den schmalen Pfad der Gebete
finden auch Zweifel
aber die Hände der Engel
über den Abgründen nicht

GOTT EINMAL UMARMEN

Gott einmal umarmen
wie Kinder

ohne zu wissen

NOAH

Am Ararat birst keine Arche mehr
Überm Ararat kreist keine Taube

Was geschah den Toten

ZU TAL

Abraham schritt hinter Isaak
auf den Schultern
seinen toten Gott

JOSEFS KLAGE

Wo ist mein Benjamin
den zu umarmen lohnt
den ich nicht kennen muß
wo der Vater
dessen Schritt ich weichen darf
in Freude, Ehrfurcht
wo der Sand, der weniger vergißt als Fels
wo Ägypten, wo mein Land
wo Liebe, die nicht auf den Tränen flieht
wo bin ich
den ein Silberkelch besiegte

DAS KALB

Nach Entbehrung war im Volke
Tanzen und Gesänge
bis Moses zornig
aus den Steinen trat
und das Kalb erschlug

MOSES TOD

Soviel Gnade brach sein Auge
Und die Engel wagten lange nicht
die Scholle Lichts
in seinen Schoß zu legen

DAVID

Dann kniet' er nieder
beugte sich zu Goliath
rührte mit dem Finger an das Blut
und nahm es fort
Das Haupt schloß er in seine Knabenhände
wog den Frieden
fand im Riesenantlitz keinen Schmerz
und keinen Zorn
nur Warten

David küßte leis
die tote Stirn des Siegers

HIOB

In meinen Wunden
ist noch Raum
Herr
Dein Haus zu bauen

JERICHO

Da ragten sie auf einmal gegen Gott
Und sie erfuhren es
und brachen von den Sinnen
weit hinab zu den Posaunen

DANIEL

Da er sich erhoben von dem Sturze
schloß er Gott in seine hellen Hände
Und die fahlen Könige im Staube
legten sich zu Füßen

LOTS WEIB

Ein letzter Dorn
griff nach der Seide
die um süße Hüften flog
küßte rasend Abschiede
in das Verbot

JUDITH

Als sie ihre Hand sah
und das Schwert
da weinte Judith
und erwachte

Draußen schrie das Volk

CARMINA

Jubel war
als nur die Lieder brannten

keiner ahnte
sie verbrannten ganz

JOHANNES DER TÄUFER

Unwillig schütteln die Akazien Wind aus Blüte
tosender Abend löscht verhaltene Lichter
eins nach dem andern
eh man blutlose Häupter
vor die Gerechten trägt

GOTTES IST

Gottes ist
den Sohn am Kreuze dulden

aus Liebe

VERKÜNDIGUNG

Es weiß in mir
daß Du nicht irrst
und bittet
daß ich's nie erfahre

HEIMKEHR

Und als Jesus
heimkam von der Predigt
wachte seine Mutter noch im Dunkel
und sie schwiegen beide

dankend legte er die Hand
auf ihren Scheitel
der erlosch

ERNTE

Ich rief die Knechte zur Ernte
Sie kamen
Der Weinberg war leer
kahlgefressen von Vögeln
Sie säen nicht
Traurig gingen die Winzer

ABENDMAHL

Brach das Brot
und sagte Leib
um Judas nicht zu kränken

OSTERN

Ostern
ist noch Galiläa
Stummes Bluten
frisch beschnittener Oliven
Ist noch Blühn der Mandelbäume
Und das bleiche Antlitz
unsichtbar dahinter
ist noch Brot
und Brotes Schatten

KREUZIGUNG

Beim ersten Nagel
der durch die Gelenke brach
verließen viele leis die Stätte
und erkannten von der Stunde an
einander

BRÜDER

Wo waren sie
als dich das Holz erdrückte
Wo
Als Essig dein verzweifelt Herz zerbrach

ISCHARIOT

Warf beide Arme um das Kreuz
und um die Nacht
Und ging
noch eh Maria wachte

DANACH

Maria trat vors Haus
unter die Apfelbäume
zählte durch ihr Blühn
die Sterne
nicht einer war erloschen

IST

Ist das nicht Christus der zerfällt
zu Banken Hunger Kugelbahnen
zu Teilen einer fremden Welt
die ihre Blumen ihre Samen
den stillen Weizen nicht mehr hält
und wieder frei und Sandkorn wird
und Wüste

GALILÄA

Das ist
wo Dome Orgeln Goldbrokate
weniger
als Staub

EWIGKEIT

Ewigkeit
alle Blumen meines Lebens
leg ich an dein blindes Herz

III

VEDUTEN

I

Ich durfte dich wiedersehn
im Herzen dich wieder umarmen
die gläserne Straße zurück
hellen Smaragden entlang
die aus Vergangenem sind
ich durfte dich wiedersehn
im Herzen dich wieder umarmen
und gehen
ehe du ahntest

Es ist an alles gedacht
Blumen ersehnt der Tisch
und die Kraft des Friedens
gegossen das Dunkel der Berge
in die Vergangenheit

Eine Handvoll wilder Tauben
löst sich auf im leichten Blau
aus offnen Domen plätschern Schatten
in den Mittag

II

Ich ersehnte mein Geschenk
und fand Leben

Garten sein
und Pforte
Bach am Morgen
Kranz und Tal
eh der Halm gebogen
eh der Schrei verweht
eh das Sternbild Blut
über Wüsten steht

Eh du mich vergißt
will ich Ruhe werden
jener Teil Verzichts
aus dem Liebe ist

Ein großer Streiter war ich
ich erschlug nicht einen

IV

Schäme dich nicht
Noch sind, die ihre Gärten verlassen
in deine Wüste zu ziehn
die ohne Eide und Schleier
Gott Nichtgott in sich
Netze halten, aus Stein
Säuren und Stahl und Sprengstoff
lösen das große Versprechen
mit Absicht
Wohin auf Flughäuten der Erinnerung

Wo sind die Vulkane
Märchenerzähler der Erde
Hänge und Senken zu manteln
Glühende Häupter stürzten sich
schreiend ins Meer
als sich die Berge noch drehten im
Schlummer
Wo findest du Scherben
Scherben hinan bis an Gott

Smaragdenes Meer
ich liebe dein schlafloses Auge
die Wimpern aus Morgen und Abend
unter schäumender Braue
Ich will dich wieder suchen

von Gletschern herab durch Olivenstämme
Oleander entlang und welkenden Fischen
brausenden Vogelwolken und Kieseltänzen
Nymphen, Kiemen, Stachelmaul
brechender Austern
und Perlen dazwischen
Als wäre Friede
Morsche Seile am Pfahl der Hoffnung
Bald sind wir frei

KORFU

Auf inneren Bergen
leuchten noch Feuer
über innere Meere
streicht noch Wind
innere Blumen heben
die Hand voll Gewißheit
daß Dornenglocken
weit im Dulden blinder Gebete
feiern

Weiter
regenlos geglühter Himmel
auf Delphinen auf Gesängen
greises Meer
wie bis du heiter
nach dem stillen Streit den Zwängen
den Klöstern
wo noch Blumen
Licht von innen wächst
Flammenfittich Falter Abgrund
Abgrund Falter Flammenfittich
Lorbeer um Gebet und Heimkehr
statt Erlösung

Aus gefällten Wäldern Lichts
dazwischen Flattern
Spinnenhimmel saugt dich aus
speit dich an
weil du dachtest

Im Schein verbrannter Völker
das ungeschützte Bild des Bösen
Dämonen Hoffnung
Unter Leichenschleiern der Reden
Buchstabensärge fackelhoch um Zukunft
Heilend
Lähmend

Dunkelklare Kapitelle
tragen Friese toten Lichts
und die unsichtbare Brandung
reitet mit dem Falken der Erinnerung
auf Jagd

VENEZIANISCH

Zum schlanken Licht der Sterne
tanzen die Kanäle
bis in das Morgengraun
bis sich die Harfen heben
die Staffeleien drehn
und silberfeines Lächeln
die Vaporetti weckt

Du warfst das blonde Gespräch
in die verschneite Lagune
in mein Heimweh nach ihr

Unterm weichen Gefieder des Himmels
zerrt eine Taube ihr zerschmettertes Bein
über Porphyr
Schnee treibt ins klebrige Meer
man war schon überall
muß überall wieder hin
eh der Winter verblüht

Das feine Ziehen ist vorüber
wo du warst ist noch ein Traum
Lachend hallen weiche Fröste
tief im Bernsteinraum
doch die Säume bluten

Herrlich wäre zu glauben
würgte nicht Efeu

VI

Wer den Gesang der Bäume vernimmt
braunen Klang von Flechten scheidend
Wer den Steinen die Wangen kost
Vogelflüge pflückt statt Blumen
den fesseln sie an ihre Blindheit
an ihren Nachlaß aus Verlassenheit
und Religion
und reichen ihre Augen zum Geschenk
eh ihre Lanze Einsamkeit zustößt

Die Gläser sind tot
durch die alles schien
Wasser blieb deinen Wurzeln
und hie und da Fenster
hinauszublühn
über Abstürzen Schleier zu sein
darunter Mauern zerbrechen dürfen
ohne Trauer und Furcht
Ich sprach mit den toten Städten in dir
an die sich Knochen lehnen
sprach mit den Liedern in dir
an denen noch blau Glyzinien hingen

und den leeren Räumen
die du bewohnen wolltest
Ich sprach mit den Farben der
schimmernden Böden in dir
du warst fortgegangen
ich fand dich schlafen
in meinem Dank

VII

Unter mir
rauschen weiße Adlernacken über
Sonnentierchen
dampfende Pinien auf roten Küstenfontänen
brauenhaft Gewölbtes
Katzenblicke auf verborgenem Baumeln
und die entzündeten Schattenrücken
letzter Karibus
Malve wächst diese Nacht
daß die Hände des Himmels
nicht vor zerschmettertem Anfang versiegen

Nackt ist die See
Daidalos spanne Gedichte quer zur Kühle
nimm Wolken aus den Gesichten
laß mir die Huftritte
und die Kronen darüber
laß Unwissenheit auf den Thronen
erwürgte Erwartung
Urteil der Schatten

Mörderlügner, mir fällt am Tage mehr zu
als eure Gründe zerteilen können
Die Halde der Trauer wächst
nicht nur in mir

VIII

Den Wesen beistehn
Berg Gewölk und Quelle
Uhrwerk der Schatten mit Sonnenzeigern

Wußtest du das Leid
das in Gedanken hängt wie Honig
und an den Gängen saugt
die du gehen mußt
und an den Griffen deiner Hände
Wußtest du von Schädelnähten
die das Haupt des Friedens
schließen
Wußtest du
von den erloschenen Blutkörpern der Nacht
den weißen
den roten
den Sonnen
Aus welchem Mark
durch welche Adern in welche Glieder
in welche Sinne
Wohin

IX

Grünes Glas
schneit in verblutende Augen
Scherben des Himmels sammeln sie

Umarmt dich ein Wort
folg ihm
euer Kind wird leben

Gott ein Beruf
oder
alles
nichts
Möglichkeit
Abgrund
Marguerite
Autobahn rausche mich in diesen Schlaf
Recht auf Metaphysik
auf Äcker zur Probe
bleibt

X

Auch dein Jauchzen wird zu Worten verkomm
Perlen füllen
an Bändern aus Haß rasen kreisen
und Liebe zum Krüppel schlagen mit Id

Sonnenhalle Moränenerinnerung
vergib uns das Flämmchen
dem wir gehorchen das eigne
Entfernung Nähe oder trennender Wahn

Orpheus Apfelbaum
der mehr weiß von Licht als von Erde
Eurydike
Rettung

Im Frühlingsthron fiebern reulos Worte
gründen Städte des Verstummens
Zu sein ist Glaube genug
heute

XI

Irgendwem wirst du ähnlicher
Immer ähnlicher
Christus wurde es und Lenin
Was vergeht ist mehr als Zeit
In den Kieseln alter Wege
stehen harte Bücher
die das Gift der Ewigkeit kaum angreift

Zu hell der mädchenhafte Tag
die ungewohnte Fröhlichkeit
der Himmel zuviel
zuviel das Licht auf Trauer
Dauer Tanz und Falter zugleich

Aus welchen Wäldern ist der Baum
des Samen Sterne die verwehn
um in Nächten aufzugehn
in Gärten voller Ferne

Auch im Morgen ist ein Morgen
auch im Abend in der Nacht
Haupt und Ende einer Wende
die schon schwieg
als sie noch sprach

Nein mein Flügel
nirgend hin
Alles hier ist Mittelpunkt
und läßt mich nicht ziehn

XII

Ahornblätter voll Oktober
Als spräche der Himmel den Steinen
Gebete vor

PETRARCAS GRAB

Ein Marmorschrein
im Rosenschatten
blieb von allen Liedern
und die schweren blonden Flechten
der Sonne
scheu um ihn

trotz Lorbeers

für Josef P. Strelka

DEN FISCHEN

Hier
wo Land zerbricht zu Küste
wo Sperlingsflattern aufgescheuchter Felsen
letztes Flügelspreizen hindert
stolpern sie im ersten Licht
taumeln Blaudunklem entlang
hinab zu Schattenweiden
leuchtend
Aber
die Zeiger der Tiefe stehen auf spät
Farbkathedralen rufen die silbernen Pilger
sich einzugliedern in Chöre Salzes

NOVEMBER

Vom Lichte abgewetzte Bäume
gleiten durch die Hand des Winds
Leere Flöten rollen in die Bäche
Nebel klingen tief im Tag
Von den Hügeln Wintersaat

Eine angeschossne Krähe sucht im weiten Lehm
ihren Ort Verblutens

VENEZIANISCHER TOD

Nachts
wenn die Kanäle stehn
das Hospiz Übelkeit ausatmet
Kapitell und Stuck der Schattenkiefer malmt

nachts
wenn du Giorgione träumst
Tizian
und Lepanto

PRIVAT

Zu Innerem verwest mir alles
Du
die Berge
ob sie halten oder fallen
sind schon nicht mehr anrufbar
verhallen
Aufgebrochne Liederknospen
Samenflug ins heile Dunkel
nicht mehr wiederkehren längs den Säumen
unbestimmter Blumen

DOLOMITEN

Opfersteine ragen
in den ausgehöhlten Himmel

Stimmen brechen leis
wie Brote
fallen irgendwo ins Tote
und verhallen

Sonne naht
Fürsten winken einer Nacht zu gehn

SONNTAG IM PERIGORD

Sonntag ist
die leichte Sonne fliegt
von Hügelhaupt zu Hügel
schwingt im reifen Nußbaumlocken
plätschert durch Kastanientäler
fängt die Glocken aus den Türmen
löst die Spitzen der Gebete
von den schweren Säumen
trägt sie zu den Träumen
in das greise Hoffen

TIBET

Die Bäume stehn so still
als läge unter ihnen wer begraben

Vögel rasten
irgendwo im Süden
Tief im See
und auf den weißen Bergen
ragen
Kräfte
an denen wir noch gegen unseren Willen
wachsen

OKTOBER

Das Ohr am geborstenen Himmel
Schluchzen aus Liederasche
eh sie in offene Augen

Tiefe Trauben
streicheln funkelnde Rücken
ahnungsloser Fasane

HAUTE COMBE

Die Bäume dort
im halbgestorbnen Wasser
die schweren Möwen
auf den blinden Ästen
Am grünen Fuß der faulenden Abtei
Tang aus dem die toten Lieder
toter Könige verwehn
einen mahnend
Südwind zu entgehn
abzulassen jetzt vom Mittag
weit im hellen See

HOCHSAVOYEN

Fröste greifen nach den Bienenvölkern
Eis starrt über die Madonnen an den Wegen
unter Stegen
zittern Fische zwischen Stachelwellen
und in Tälern
wäscht der Tag die Nacht zu Nebeln
Zwischen birkenhaften Bergen
schimmert der Ikon der Sonne

Attisch-leichte Quellen
reichen Frühling
durch Granit
und Sterne

ORVIETO

In seinem langen blauen Kleide
lehnt der junge Tag am Berg
Flüchtig warten Oleander
auf den ockerfarbnen Einsturz

Nur der Dom

NOVEMBER IN AOSTA

Umsorgt bin ich
von einer alten Blume
Sie grüßt am Morgen aus der Silberkrume
zittert lang im ungewohnten Licht der Bäume
hilft mir
wenn ich heimkehr
neuer Räume
weitre Stille zu ertragen
hilft
an Perle tief im Austermund der Nacht
zu glauben
und an Madrigale
hinter dem Verschlossnen
einer Sonne

AGRA

Stille Karawanen Lichts
tun sich am Fuß des Abends nieder
Lautlos steigt der letzte Psalm in die
Felsennacht

Das Sonnenkapitell
zerfällt

CONERO

Goldne Ginsteraugen
schimmern übers Meer

Der Horizont
den Ariadne ließ
rollt Erlösung auf
schlingt ihn um den weichen Tanz
der Perlen
tief in Muscheln

Nachts

VILLA TARANTO

Überm Malachit der Böden
falten sich Magnolienhände
reichen dir dein Stück des Himmels
weit in Blütenschalen nieder
und verwandeln dein Verschmähn
in das stumme Lied der Lieder
abgewandter Könige

PFERDE DER TOSKANA

Sie stehen
gesenkten Hauptes
auf Hügeln aus Abend
als lauschten sie
geliebten Stimmen

VIA APPIA

Tot sind Aquädukte
aber ihre Schatten hüten Lämmer
lächeln freien Flüssen

ITALISCHE KÜSTE

Es ist ein Schreiten von Königen
in diesen weißhaarigen Stunden
die ihre Fackeln zu löschen
Meere bedürfen
und
an die Sonne gespülte Altäre aufsuchen
auf denen man starb
für Götter

ETRURIEN

Als läge unter jedem Baum
ein Leben
Kinder
wo die Blumen stehn
Heere
wo der Weizen weht
Wo kein Haus kein Wesen geht
wo der Höhen Wälderschleppen
liegen Unbestattete

Winde
die von Mädchen wissen
von Knaben
von Lavendelküssen
Bräuten Kranz und Oleandern
Müttern
deren stumme Leiden
in den schweren Harzen schweigen

LANDUNG

Hier stand Aeneas
und die Winde schwiegen

Im freudigen Tumulte
wogten Pinienwälder
überm hellen Tiber
stiegen Lerchen zu den Göttern
und des Meeres grüne Verse
starben in den Lilienarmen
junger Ufer
zwischen Pfirsich-
zwischen Mandelblüten
ragt' das blonde Haupt
einer Mimose

LAVINIUM

Lilienumstandenes Schweigen

unter heidnischem Blau
lockender Schierling

Einhornfohlen weiden — mohngezäumt
weiße Zypressen
im Sattel Bienenvölker

Sagengewölbte Höhn
glätten mit Ginstergesten
das Goldgefieder des Himmels

Nach Norden schauende Gräber
tragen Lavendel

PALATIN

Das war ein großer Tag
langsam brennt der Sonnenuntergang
basaltne Wege nieder
Nordwärts
fallen Fresken von den Wänden
Rotkehlchen irren durch verbliebne Bögen
Aus Pinien rollen Früchte
steinern zwischen lockende Orangen
Ueber tiefen Mosaiken wachen Lorbeerbäume
und ein sanftes Licht
flicht Aschenblüten wilder Kirschen ins
Cäsarenhaupt des Hügels

Der Himmel
nimmt das Opfer an

LATIUM

Deine Wangen
röten ungezählte Margueriten
deine Regenbogen
weisen alten Pferden die erloschenen Vulkane

Deine Flüsse
schreiben greise Namen
in die Bernsteinufer
tragen ein ertrunknes Lamm
behutsam
zu verborgenen Altären

In Gebüschen stimmen
funkelnde Pirole

Wolken teilen sich

SIZILIANISCHER WINTER

Sanft
schlägt der Tag die großen Flügel
sein Sonnenauge kränzt Portale
Irgendwo im Süden schließen Mandelblüten
Marmorlider
Regen wird das Glockenspiel der tiefen Gräber
Trappeln leichter Pferde
dringt ins Silber zarter Bäume
Tote werden Knospen

VILLA MASER

Ein Sonett
aus Ebene und Staub

Veroneses Fresken
Pfauen
Laub
Stiegen
die in Steinernem versiegen

Und ein Antlitz randvoll Einfachheit
führt
schweren Ganges durch die Leichte
steht verwundert mit Ergriffenen
als beichte
jedes Wölben neue Heiterkeit
Motette
leis dem Staub der Ebene
ferner Sonette

DIE ABTEI

Unter allen Lichtern dieses Domes
hub meines an zu flackern

Unter allen Schatten dieses Domes
ist's meiner
um den Bilder dunkeln

Und zu allem Schweigen
wird sich meines sammeln
ohne es zu mehren

VENEZIANISCHE VEDUTE

Mastenklingen ist weit
Tauben quer durch den Hof
verriegelte Kirchen
toter Mörtel
blindes Wasser
Aus den Gassen
Spieluhren
leise

CASTELNUOVO PASCOLI

Schon
spiegeln junge Flüsse Blüten
Glyzinien wachsen tiefer in die Villengitter
gewohnt und leise freuen sich
zurückgekehrte Vögel

Hoch am Berge
wo die Glockenpaare sangen
schläft ein Dichter
unter Kirschen

UMBRIEN

Groß ist das Land
stark und bekehrt
und seine Dome ragen

Aber am Abend reichen die Lampenhände
etruskischer Schnitter
mit feinem Lächeln
Öl von den Hügeln

MITTEN IM SCHNEE

Mitten im Schnee
nur weil Frühling ist
singt eine Amsel

VORFRÜHLING

Das große weiße Pferd steht schwer
An seinem Zaum aus Vogelliedern
funkelt die Hand Homers

FEBRUARTAGE

Fürsten –
auf den Risten Primeln
auf den blauen Schultern
Löwenfelle
weißer Stunden

MÄRZ

Schneegeborne Augen
lernen
amethystnen Lippen
brache Worte Himmels nachzusprechen

Eine Amsel singt
bis der Sturm sie fortreißt
doch die Minarette ihrer Lieder
werfen Purpurworte
übers Edelsteinskelett
der Nacht

BURGOS

Aus Himmeln nieder
tönend vom Falten der Hände
welkt Licht

In Strömen
ohne zu sinken
halten goldne Standarten brennender Äcker
Wache
ums Grab
und sein hallendes Dunkel

Geschliffene Lanzen des Mittags
senken sich vor einem Tympanon
ohne es zu durchbohren

Dröhnen von Türmen bebt durch Alabaster
Gnade erschrickt

welkt Licht

BATALHA

Wo sich Bögen rauschend suchen
steht der Himmel

Schlußstein

ALCOBACA

Das Jagen der Pfeiler
erfrischt der Dämonen Stützen zu weiter
Gewölbe
Ein Plätschern von Brunnen in Höfen
spricht zu Marmordamasten
die ihre Könige schützen
Aber
durch rosenzerbrochene Schwere
steinerner Spitzenmantillen
ruft ein Fürstenkind
leise nach seinen Eltern

LISSABON

Alles wirkt so golden und so breit
Niemand wagt es zu verharren
Der augenlose Strom lädt ein zu gehn
Aus Klöstern Särgen Kronen
kühlt ein Wehn
störend wirkt das Starren

Nur die Marmororchideen
tief im Haar der Sonnenuntergänge
widerstehn
dem Perlenkamm der Ozeane

SAUDADE

Mit feinem Lächeln
reicht zum Reigen
Zukunft
ihre blassen Hände

AUFBRUCH

Vielleicht war dieses Schiff zu alt
die Wellen wagten nicht zu grüßen
die See war glatt
die weiche Sonne suchte ihr Gelock
vergebens
der schwache Wind hob nicht die
Argonautenlider

Allein der Bug wies still auf Hellas

ÄGÄIS

Auf blauem Altar
unangenommene Opfer

Schiffe

DELPHISCHES STADION

Parnassos, Sternenerbauter
Hüter Danks und Gelächters
gebeterschöpfter Ruinen
An Steine schlagen
statt sieggewohnter Quadrigen
Flügel der Falter

PARNASSOS

Zwischen Hibiskus
und Jasmin
das Wolfsauge

des Winters

DELPHI

Vom Tempel blieben Mauern Duftes
brennender Gewürze
Wo die Quelle springt steigt eine
schwarze Frau
vom Maultier
rückt in eine Nische Öl und Gebet
und geht
Durch ein Widderhorn zieht Abend
Lorbeer neigt sich
vor dem Mandelaug der Stunde

HULDIGUNG

Lächelnde Ohnmacht Delphis
Im Tale
schäumen Ölbäume leise
zum Echo des Schweigens

METEORA

Versteinerte Hoffnung
auf Zeigern vergessener Uhren
Die Kräfte treten ins Gold
ihrer Ikone zurück
die schütteren Stimmen verlieren sich
zwischen Adlern
im Zifferblatt eines Morgens
der Abend wurde

ATTIKA

Mild schlägt das Land hier
die goldenen Augen auf
in der See
Duftende Flechten Harzes
umfließen sein lächelndes Antlitz
das morgens den Sonnenlippen sich öffnet

Hier grüßt der zärtliche Ölbaum
Erwidernd umschlingt das blitzende Meer
flüsternd den Fuß
bedeckt ihn mit Küssen

Fern schwärmen wilde Bienen

PANATHENÄENFRIES

Ich liebkoste
der Rosse erhobene Hand
das schreckhafte Auge der Mädchen

Sie kehrten aus Marmor nicht wieder

ACHAIA

Abschied von hier
wo du nicht wissen mußt
und dein Fuß ruhen darf
wo du nicht zählen mußt
zu sein
Abschied von der löwenfarbenen Erde
die aus Wunden
die Jahrtausende nicht schlugen
Schätze blutet
Abschied von den Lorbeer-
von den Thymianfittichen
dem grünen Blau des Augenpaars des Horizontes
den zutraulichen Herden
Tiefen
Hirten ihrer Stille
Abschied von der eisfarbenen Wärme
von Flöten
Lilien im Sand

und dir

POSEIDONTEMPEL IN SOUNION

Vergessen von Gebeten
steht der Lichtvermählte
blind vor Tagen
über Attika
Rund schliffen Abschiede die Säulen
Söhne ihres Vaters offnes Herz umwachend
das am Morgen einmal schlägt und einmal nachts

Hier am Scheitel also
Erde
wo das Lerchenlied überm Saphirgrabe Poseidons
mittags verbrennt

UMKEHR

Nächte
groß wie Gebete
dunkle Blumen im Haar des Tages
erträglicher hier
knabenhafter

KORINTH

O blindes Korinth
ziegenhäutige Rechthaberei
zerriß diese Mauern
zerbrach deine Häuser
begrub deine Brunnen
aus denen Pegasos trank himmelträumend
den seither die Sonne reitet
auf Weiden Vergessens

O blindes Korinth
Provinz
der Provinz in uns

RÜCKKEHR

Auf der Zukunft des Schiffes stand ich vorn
wo seine eherne Axt die Lämmer der Wellen schlachtet
Abend wußte der Kiel
Stiefvater Lichts
und der Wind warf Sprachen ins Fremde
ehe der Bug die Sonne gebar

ÜBERFAHRT

Wolken
Aschengeflügeltes Meer

Unterm Sternenjasmin
Sichel des Monds

HELENA

Deine Locken weiß der Wind
deine Sonnenwimpern folgen Liedern
in die Türme der Ägäis

auf den Lippen der Korallen

ITHAKA

Ein Hahnenschrei verschließt Jasmin
Der Winde Löwenmähnen
schlingen sich ums Pfauenaug der Insel
und ihren hellen Scheitel
von dem Wacholder Lorbeer Thymian
in ihre eignen Meere wallen

Rot schlichtet Erde
zwischen Mangel weißem Überfluß
und Dreifuß
scheucht die großen schwarzen Vögel
wieder an die späten Heime frommer Hirten

Wege bersten hier
gewaltig füllt ein Ölbaum die geweihte Leere

Flöten schweigen
Kränze dorren
Wo Laertes
seines Sohnes weinte

ÄGÄIS

Unendlich
über der Säule des Himmels
das Kapitell der Sonne

Gewißheit
des Tempels

OLYMPIA

Abgerufne Säulentrommeln
Stille
Malve Schierling
greise Föhren zwischen den Altären
und dem Joch der Kaiser

Wo Herzen bebten
Sperlinge und Staub
und Ahnung
daß hier Eide galten

für Werner Kraft

ARKADIEN

Berge flüstern dort einander blaue Worte zu
von Ewigkeit
Die Falknerfaust des Windes
wirft ein Adlerpaar über die Meere
Golden stürmt der wilde Hafer durch die Täler
in die Schatten späten Ahorns

An smaragdnen Stränden
irgendwo
verenden weiße Fische

SPARTA

Taygetos
Deine Ginsterflanken bieten sich den Bienen
über Abgründen voll Kindern

deine herben Quellen nähren Bäume
deren Früchte älter als sie selbst

Schafe klettern wachsamer durch die Ruine
ihre Hirten müder
als wär Sterben not
und Leben fehl

Knaben schon

EPIDAUROS

Wo man der Seele Schritte lauscht
von Lilie zu Mohn

KAP SOUNION

Nun geh nach Haus
der Tempel steht
im Schrei des Meers
das ihn umweht
ein Ton von morgen — leise

Aus den Klippen
aus den Fluren
aus den Vogelzügen strebt
der Sommertag in eine Weise
mit der man Kinder schlafen legt

Nun geh nach Haus

SKOPELOS

Weißen Häusern danken
Meeren
Sperlingen und Eulen
dem Großen blauen Bären
Kieferwäldern
milden Pferden
wilden Bienen
Mandelbäumen in den Armen der Zypressen
stummen Geißen tief im Lorbeer
deren Wege heute noch zu Opfersteinen weisen
Ölbäumen
aus denen die Ikone sind
und Requien
auf denen sie gedeihn
dem Staub der Orte die die Sprache scheun
und den Flöten

EPILOG

Du aber bist mein großes Haus
und Sonnen
Blumen Deiner Fenster

MÖNCHE

Aus den Meeren
Aus den Silbertälern ihrer Gärten
steigen sie auf Schimmelstuten
durch Basilikum
und Wälder wilder Feigenbäume

und vernarbtes Glück

aus Vogelliedern
in die Klöster
wo die goldgeborenen Madonnen
tief im Lichte
Dunkel hüten

über Abgründen Geranien

Schubert und Praxiteles

Delphine

DAS GEDICHT

Ich komme zu blühen in dir
über Steppen
klaffende Wunden
verstachelte Lippen
verschnürte Seelen
Aschenaugen
komme ich
zu blühen

in dir

IV

LIEBESGEDICHTE

ALL MEIN IRREN

All mein Irren
Diadem
um deine Stirne

DU

Wenn ich umkehre aus allem
bleibt die Handvoll Erde
die du bist
das einzige
im prachtvollen Verfalle
auf dem mein heimgewehtes Leben
sprießt

PHILEMON UND BAUCIS

Nur ein Leben
dich zu lieben

MEINE HEIMAT

Meine Heimat ist dein Herzschlag

ÜBER DEN ABGRUND

Über den Abgrund
leise
laut
geliebten Abgrund
der dir vertraut

ahnungslos

HIER IST DAS LAND SO WEIT

Hier ist das Land so weit
die Wintersaat, der stille Himmel
Licht
als wärs ein Brief von dir

IN ALLEN LOCKEN DIESER ERDE

In allen Locken dieser Erde
hab ich dich gesucht
in allen Augen dieser Erde
suchte ich die deinen
deine Lippen deine Stimme
deinen Atem
habe ich gesucht
im Grau der unerfahrnen Äcker
habe ich gesucht
bis die Blicke strauchelten
hängen blieben
am letzten Lotus
eines Weihers
der du bist

DER DAVID DEINES KNOSPENMUNDES

Der David deines Knospenmundes
schlug den Goliath meines Willens

Die Philister heulen

KELTISCHES SONNENPFERDCHEN

Keltisches Sonnenpferdchen
trägst meine Wirklichkeit
auf deinem leuchtenden Rist
ins Dunkel
Die zarte Spange deiner Lippen
heftet auf die Nacht der meinen
einen Morgenstern

WAS LISPELST DU BLAUER OLIVENBAUM

Was lispelst du blauer Olivenbaum
Weißt du nicht
daß die zartesten Winde
singend noch ihren Namen verletzen
Weißt du von Perlenketten
süßer Nächte mit ihr
tief tief im Sonnenteil meines Lebens
unbetreten von allen

Was lispelst du blaue Olive
zur Nachtigall
die meinen Stern im Schnabel
vor meinem Glück
verstummt

MORGENFLUG

Ich schaute nach dir
und sah dich nicht
Achttausend Meter weit reicht kein Gesicht
Da fanden sich dunkle Felder im Tiefen
zu Locken und Augen und Lippen die riefen
Geliebter Geliebter!
Und auf den Flügeln
lag es
wie Gold

ERFÜLLUNG

Die Windspiele meiner Hände
jagen im Elfenbein deiner Haut
bis zum Morgen

Das Firmament der Sinne
wach und unbeweglich
über dir und mir
und dem Treibeis
das wir Liebe nennen
weil es den Süden sucht

SAG WIE KANN ICH DANKBAR SEIN

Sag wie kann ich dankbar sein
für die Stunden die vergehn
die mich mit dem Tode nähren
ohne dich zu sehn
oder

kommst du noch

DIE FLÜSSE DES LEBENS FÜHREN NOCH GOLD

Die Flüsse des Lebens führen noch Gold
schmieden warme Geschmeide
auf den Kissen der Nacht
und nennen sie
Mädchen

WÜRDEST DU MICH HEUT VERRATEN

Würdest du mich heut verraten
heute würd ich dich verfluchen
und mit Augen ohne Blut
nachts im Fluche suchen
dich zu retten

AUF DEN WEICHEN KÖRPER DER NACHT

Auf den weichen Körper der Nacht
schreiben diamantene
Finger der Sterne
deinen verbotenen Namen

Ich lösche ihn mit meinem Herzen

WEINE NICHT

Weine nicht
Kraft zu trauern wächst
Vergebung tödlicher als Schuld
schnürt mit Dornen Strahlendes
Dein Haupt Mutter dunkelt

Die grauen Türme der Posaunen
ragen
in der Blütenfeier glänzt das Stierhorn
des Verderbens
Aus der Himmelshöhle quillt das
Blut des Tages
diamantne Zeichen stehn auf Not
Steinchöre der Städte
singen zur Musik des Stahls
schwer atmen die Flüsse
gellend hallt das Warten
Ich kralle meine Hände
durch Orkan
ins Blond der Zeit

Goldnes Kalb
ich werde dich nicht schlachten
Quer steht der Himmel zum Glück
Sag mir eine Zeder auswendig auf
Du stotterst beim Samen
Der Regengott kann es
Und die Herrin des Selbstmordes

Im Harnisch schwerer Schlösser
stirbt das Land
Von weither
ziehen blühend Bäume
durch den späten Frühling
und ihr Ave öffnet Knospen
Der Wind färbt sich
Ich muß gehen
Weine nicht

DIE WEGE DER KÖNIGE

Die Wege der Könige
du bist sie nicht gegangen
die Schleier der Könige
du hast sie nicht getragen
In Regen gehüllt
brachten sie dich
in Körben aus Amselliedern
vor die Pforten der Augen
wo dich die herbstlosen Blüten
des Alabasters erhofften
Die Türme des Wartens offen
jagen meine Saphirfalken nach
sanften Blicken, ehe sie
mein Herz verzehren
auf brechenden Zedernwipfeln
im rauschenden Blau hoch im Himmel

DA WAR ERDE

Da war Erde
Samen
Sonne
weicher süßer Regen
ach die Blumen
konnten mochten nicht mehr widerstehn
wagten erste Schritte
zum Himmel
wo der Hagel stand

IM RACHEN DER NACHT

Im Rachen der Nacht
ungeheurer Abschied
seine zuckenden Glieder
herausgerissene Augen
deren Lider vor Schmerz verknöchern
Wimpern bleich vom Flug des Entsetzens
In diese Kiefer der Nacht
meine Handvoll unauslöschlichen Hasses
Ausgebranntes Aug Polyphems
ich fülle dich mit dem Schrei der Feinde
und meinem Jubel
darüber

ICH WILL DIR EIN MAL ERRICHTEN

Ich will dir ein Mal errichten
aus Schmerz und Schweigen
aus Flüstern und Blicken
aus Warten und Liedern
aus Tasten und Träumen

Ich will dir ein Mal errichten
aus den Blüten des Himmels
aus Hoffen und Trauer
ein Mal das die Sterne durch-
wandern sich scheun
vor dem Blumen Knospen bleiben
um das sich im Mond Paradies-
vögel scharen
dem Duft der Orangen
erlegen
ein Mal aus Gebeten um
dich
ein Mal größer als alles
was man uns genommen
und nur aus Zärtlichkeit

DER NIL

Der Nil einer Wunde
trennt
Zedernsamen Flügel

VIELLEICHT SOLLTE MAN GLÜCKLICH SEIN

Vielleicht sollte man glücklich sein
an solchen Tagen
wenn ein Sonnenwind die Knospen kämmt,
Venedig heller noch in die Lagune drängt
der Alpen weißgespreizte Schwingen tief
im Himmel stehn
irgendwo im Süden jetzt Lavendel sprießt
ein Lied den Jüngling sucht in deiner Brust
und die zerbrochne Flöte findet

Vielleicht sollte man glücklich sein
an solchen Tagen
und ein weißes Lamm liebkosen

Aus dem Lied eines einzigen Vogels
entsteht wieder die ganze Welt
aus dem Lied eines einzigen Vogels
und dem Käfig
der ihn hält

PFEILERLOS

Pfeilerlos aber
spannte sich Liebe
von mir zu mir
über dich

Das Erscheinen dieses Buches wurde durch großzügige Unterstützung von Hans Dichand und der Raiffeisenbank Innsbruck ermöglicht.

Gesamtherstellung: Druckerei Gerstmayer Gesellschaft m.b.H.
ISBN 3-9003-7906-8